DOS RANAS

Chris Wormell

Editorial Juventud

HABÍA UNA VEZ DOS RANAS sentadas en una hoja de nenúfar en medio de un gran estanque.

Una de las ranas llevaba un palo.
«¿Y esto para qué es?», preguntó la otra rana.

«Para protegerme», dijo la rana que llevaba el palo.

«Este palo es para ahuyentar al perro.»

«¿Qué perro?», preguntó la otra rana, mirando rápidamente por encima de su hombro. «Yo no veo ningún perro. ¡No hay ningún perro!»

«No, ahora mismo no hay ninguno», contestó la rana del palo. «Pero ¿qué pasaría si un perro cruzara nadando el estanque e intentara comernos? Más vale prevenir que curar.»

«Pero nunca vienen perros a nadar en este estanque», protestó la otra rana, perpleja. «Al menos, yo nunca he visto ninguno. De hecho, ni siquiera recuerdo haber visto jamás a un perro en la orilla del estanque.

»Y además, ¿por qué querrá un perro venir a nadar en el estanque?
A ellos no les gusta tanto nadar como a nosotras las ranas, ¿sabes?»

«Puede que el dueño del perro lance una pelota al estanque para que él la vaya a recoger», insistió la rana que llevaba el palo.

«Pero este estanque es tan grande que se tendría que lanzar la pelota con mucha fuerza para alcanzarnos», declaró la otra rana.

»¡Y el perro tendría que ser un excelente nadador!»

«Pero supongamos que el dueño del perro fuera un campeón de lanzamiento de jabalina», sugirió la rana del palo. «Supongamos que llegara a este estanque con su perro (que sería un excelente nadador) y

tirara la pelota aquí donde estamos para que su perro la recogiera. ¿Y qué pasaría si el perro, al coger la pelota, se acercara a nosotras e intentara comernos? ¿Lo ves? ¡Por eso yo tengo un palo para ayuhentar al perro!»

La otra rana estalló de risa:
«¡Qué rana más loca!», gritó. «Tienes muchas más probabilidades
de ser comida por un lucio o una garza que por un perro.

»¿Por qué preocuparse por los perros? ¡Es ridículo!»
Se rió tanto que se cayó al agua.

En ese preciso momento, un gran lucio pasaba por debajo de los nenúfares.

Oyó el «chap» de la rana cayéndose...

Abrió su enorme boca llena de dientes...

y justo cuando se disponía a tragarse a las dos ranas....

cuando una garza se las llevó en su pico.

Se fue volando, y dejó al enorme lucio masticando una hoja de nenúfar.

Pero....

el palo bloqueó el pico de la garza cuando intentó tragarse a las dos ranas.

Estas se escaparon de un salto y se cayeron al estanque: chap, chap.

Las dos ranas nadaron tan rápido como pudieron hasta la orilla

y corrieron hasta el bosque a buscar palos.

Y así fue como se libraron del campeón de lanzamiento de jabalina

que había ido esa mañana al estanque con su perro...

Para Jack y Mary

Título original: Two Frogs
© Chris Wormell, 2003
Publicación original de Jonathan Cape
división de Random House, Gran Bretaña

© EDITORIAL JUVENTUD, S. A. 2004
Provença, 101 - 08029 Barcelona
info@editorialjuventud.es
www.editorialjuventud.es

Traducción castellana: Élodie Bourgeois
ISBN 84-261-3354-1
Núm. de edición de E. J.: 10.334